시안황금알 시인선 7

흰뺨검둥오리

송기흥 시집

시안황금알시인선 7

흰뺨검둥오리

초판인쇄일 | 2005년 12월 20일
초판발행일 | 2005년 12월 30일

지은이 | 송기흥
편집인 | 오탁번
펴낸곳 | 도서출판 황금알
펴낸이 | 김영복

주 간 | 김영탁
편집실장 | 조경숙
표지디자인 | 칼라박스
주 소 | 서울시 중구 필동2가 124-11 2F
전 화 | 02)2275-9171
팩 스 | 02)2275-9172
이메일 | tibet21@hanmail.net
홈페이지 | http://goldegg21.com
출판등록 | 2003년 03월 26일(제10-2610호)

값 6,000원

ISBN 89-91601-25-1-03810

*이 시집은 한국문화예술위원회의 지원으로 발간되었습니다.

시안황금알 시인선 7

흰뺨검둥오리

송기흥 시집

황금알

| 시인의 말 |

날씨가 많이 쌀쌀해졌다.

2005년 가을
송기흥

차 례

2부

꺼지지 않은 먼 집들의 불빛

3부

4부
낯익은 피안彼岸

5부
아직 아무 일도 일어나지 않는다

1부

세월의 한복판에서

흰뺨검둥오리

우포늪에 사는 흰뺨검둥오리는 새끼에게 제 깃털을 물고
매달리게 하여 먼 곳으로 이동시킨다고 한다

여기는 어디인가?
입안이 얼얼하다

나방

스님 한 분이 찾아오셨다
그런데, 어디가 아픈지
몸을 뒤틀며 쓰러지셨다

입적이라도 하셨는가, 들여다보니
온 몸을 떨고 있다

가을볕 부신 툇마루에 잿빛 무늬
가사袈裟의 물결이 아른거린다

생이, 이처럼 떨리는 그 무엇이었다는 건지
생을, 이처럼 진저리치며 살아야 한다는 건지

오래 떠돌다 돌아온 구도자의 심중이
장삼자락 안에서 떨고 있다

다음 생으로 건너가기 직전이다

봄눈

제주도 벚꽃 소식
섬진강 매화꽃 소식

꽃 소식으로 어지러운 봄날
햇볕도 푸진 봄 마당에
환하게 내리는 저
벚꽃잎 매화꽃잎 보아라

얼마나 큰 나무의 꽃잎들인가

오늘은 하느님도 겨울외투를
벗으시는가 보다

노가리 안주

꿰미에 줄줄이 꿰어져 맥주 안주로 나오는
노가리란 놈들 하나같이 입을 쫙쫙 벌리고 있다

죽어, 빼빼 말라가면서도 결국 못 다한 것이
몸 속에 들어 있는 말,이기라도 했다는 듯
다급했던 모양이다 어디 보자,

이놈들 가슴에
금배지가 붙어 있나

모과

고향집 텃밭에서 따온 모과 한 알
울퉁불퉁,
바람의 얼굴인가 비의 길인가
풍상우로風霜雨露의 기억들이 불거져 있다
건드리면 펑!

터져 버릴, 아직은 고요한 폭탄 하나
솔솔 향기를 뿜어내고 있다

유리琉璃

복도에 산새 한 마리가 들어왔다
아이들의 아우성이 가득 찼다

숲으로 날아가고자 안간힘을 썼으나
열어 놓은 창문을 알아보지 못하고
복도 바닥에 떨어졌다

내 앞에도 너에게로 갈 수 없는
맑고 투명한 물체物體가 있다

석류

사랑의 묘약 한 첩
있으면 좋겠네 이글이글 피어나는
숯불에 달여 그대에게 먹이면
온 몸에 약 기운 퍼져 나를 찾을 그대
혼자 집을 짓고 거기
가장 깊고 아득한 방에
나를 가두고 문을 걸어 잠그겠네
열쇠를 가지고 외출을 하여도
안심이 안 돼 그대가 되레
내 속에 갇히겠네 갇혀
발을 동동 구르며 울어도
대책이 없어 환한 대낮에
붉은 속내를 열어 보이겠네

뜨거운 고백의 밀어들이 곧
쏟아질듯 위태로운
그리움의 전선에서

압정

내가 연수하는 학교 인류학과 게시판에
더 박을 틈도 없이 압정들이 박혀 있다

금방 박아놓은 듯 문구사의 기억이
반짝이는가 했더니 만지면 푸석 떨어질 듯
벌겋게 녹이 슬어 있기도 하다

한 때 무언가의 소식을 단단히 붙들고
제 임무에 충실했을 저 금침의 소리
이제는 그 사연이 너덜너덜 다 사라지고
비명처럼 압정들이 다닥다닥 붙어있다

옛날, 한 기이한 삶이 있었노라
나를 찡 박았던 압정 몇 개가 먼 훗날
지구 어딘가에 박혀 있을 것 같다

탑

세워지는 것은 슬프다 세워져
서 있는 순간부터 슬픔도 함께
혼으로 점지되어 사람들 모이는 어디를 가도
잊지 말자고 기억하자고 우리들
살아온 발자국 오래 보듬어 보자고
좋았던 날이건 궂었던 날이건 더불어
나아가자고 광장이 있는 곳이면 어디에서든
횃불 하나 머리에 이고 둥둥 북소리 울리며
그날의 노래 부르며 저만큼의 거리에서
머리띠 질끈 동여매고 가자고 함께 가자고
눈짓으로 말한다 세워지는 것은 슬프다
세워져 서 있는 순간부터 주눅들어 누운 풀잎
연약한 팔목 일으켜 세우며
혼자서 심지를 돋우는 움직이는 등대
가까이 가면 밀어내고 멀어지면 다시 오라
손짓하며 남아 있는 그대들이 희망이다
처진 어깨 다독이는 큰 손
붙잡아도 잡히지 않고 서 있음으로
아픈 다리 세월의 한복판에서

스스로 무너지는 줄도 모르고 함께
두 발을 딛고 선 우리
시간은 참 신기한 약이다

머릿고기를 먹다가

머릿고기를 먹다가 야들야들 씹히는
이 부위도 뭔가를 생각했던 한 시절이
있었을 것이란 생각이 들었다 한 입
먹기 좋은 고기로 썰려서 천연덕스럽게
젓가락을 기다리는 모양새를 보면 돼지는
일생을 맛있는 음식이 되어야한다는
어떤 사명감에 사로잡혀 왔던 것은 아닐까
그 뜻을 이루기 위하여 비좁은 우리에서
먹고 자고 배설하고 꿀꿀거리면서도 묵묵히
자신의 본분을 지켜왔던 것은 아닐까
돼지라고 바깥 세상이 궁금하지 않았겠나
왜, 저 햇빛 쏟아지는 마당으로 들로 산으로
치달려 보고 싶은 생각이 없었겠나 하지만
돼지는 고개를 저었을 것이다
끼니때마다 밥을 주고 비바람을 막아주는
인간에 대하여 생각했을 것이다
인간을 위하여 할 수 있는 일이 무엇인가
고민 끝에 보다 부드럽고 맛있는
음식이 되자는 생의 목표를 세웠을 것이다

살과 비계로 촘촘히 짜놓은 육질을 보라
어찌 입맛을 돋구는 이 고기가 허투루
만들어졌겠는가 수행 정진 끝에 도달한
맛의 보리菩提! 한 구도자求道者가 남긴 필생의 업적을
기리며 먹을 일이다 막무가내 허공에다
주둥이를 들이밀며 먹을 걸 달라고 보채는
살가운 투정을 기억하며 설령, 거기가
곡哭소리 구슬픈 상가喪家의 구석자리일지라도 무슨
잔칫상의 그것인양 맛있게 드실지어다
식욕의 열반에 이를지어다

등나무

하늘로 오르는 길이 잠깐
흔들렸을 뿐 내 우듬지 내밀어
변한 것은 없다 이번에도
허리를 구부려 살짝 옆으로 비켜서니
바람이 우수수거린다
너희들은 늘 위로만 치솟아 이렇게
꼬이고 뒤틀려 사는 재미 따위엔
관심도 없지 꿈결처럼 아늑한
마당에서 즐기는 한낮의 묵상 나는
너무 많은 길을 만들어 왔다 그리고
가는 길마다 꽃등을 내걸었다
내가 만들어낸 보랏빛 향기에 취한
은비금비 꽂히는 오후의 햇살촉들이
톡톡 튀기는 내 마음의 이파리
가는 곳마다 세상을 덮으리라
수많은 덩굴손들로 더듬어보는
하늘자락, 오래된 내일의 별자리들
예감의 저쪽을 향하여 되도록 멀리
순筍을 밀면 해가 저물기 전에 당도하리라

삶이란 애초부터
제 마음을 바쳐 꽃을 피우는 것
외롭지 않도록 보듬고 휘감으리
보랏빛 향기를 엮어 올리리

버려진 의자椅子

살며시 팔을 밑으로 뻗어
다리를 만져 본다 차고 단단한
근육의 질감이 아직은 쓸만해 허나 요즘
너무 오래 혼자 놀아 온 터
텅 빈 가슴이 비고 부웅 공중에 떠
있는 느낌, 느낌의 가장자리 어디쯤에서 삐그덕
흔들리는 내 몫의 발끝부터 머리끝까지
전기가 통한다 주인을 찾는 예감의 몸부림, 누군가
풀어진 볼트마다 십자 드라이버로 단단히 조이고
내 허전한 마음자리 윤기나게 닦아, 앉아 준다면
내 가슴에 일렁이는 그리움과
추억의 기운들을 모아 든든한
내 몫의 안락함을 전해줄 수 있을 텐데

뼈마디 마디마다 송송 뚫려
마침내 허공만 남은 자리 하늘 아래
나는 진짜 허구한 나무토막 몇 개로 남아
쪼그려 앉아, 서 있는 것일까
한 때 내 몸이었을 잎과

뿌리의 언덕을 향하여
사무치는 것일까 살며시
팔을 밑으로 뻗어 만져 보면
잘리어간 숲 속의 바람 소리
새 소리 흐르는 가벼운
잎사귀들의 숨결 소리

해골공부

내가 근무하는 학교 과학실에는
인조 해골 하나가 있다 그런데 어쩐지
미래의 나를 보는 것 같아서
오싹, 온몸에 소름이 돋을 때가 있다
하지만 천천히 들여다보면 거역할 수 없는
가장 오랜 시간 땅 속에 누워 있을
나의 완벽한 모습이다 돌아보면
나는 내가 얼마나 의심스러운가 그리하여
거울을 보고 머리를 빗고
맛난 음식을 좇아 나를 꾸미어 왔던가
나 아닌 것들로 득실거리는 나에 비하면
여기 있는 미래의 나는 얼마나 진짜인가
내장은 물론 살점 하나 남기지 않은
뼈가 둥글게 감싸 안은 자리, 저 허공
어디쯤에 작은 꽃밭 한 뙈기가 있었을 것이다
허나 지금은 울짱도 삽짝도 흔적조차 없다
모두가 한 때의 허망한 치장이었음을……
그 숱한 한숨이며 눈물들도 텅텅 비워버린
깨끗한 해골 하나가 손을 들어

내 머리를 쓰다듬어 줄 것 같다
수업 들어갈 시간이 되었다고
어깨를 다독여 줄 것 같다

껍데기를 위하여

월곡 시장 어물전 귀퉁이에
조개껍데기가 수북이 쌓여있다
키조개, 새조개, 맛조개에 바지락까지
속을 비운 한 생의 이름들이 버려져 있다
쭈그려 앉아 들추어보니 저마다
아슬한 무늬들이 이런 데 버려져 있기에
아깝다는 생각이 들기도 한다
한 때 누구의 애간장께나 녹였을 성싶다
쨍한 무지갯빛 기운이 도는 키조개
첫날밤 신부 뺨처럼 홍조를 띤 새조개
은장도 갑처럼 비장한 입술의 맛조개
다갈색 원피스의 바지락 껍데기까지
모든 진실은 껍데기에 수 놓여 있는 것 같다
그러고 보면 너의 깊은 맛도
속에 있는 것이 아닌 것 같다
저 거리에 키치들의 머릿결 그 오색찬란한
메이크업처럼 겉에 드러나 있다
한때 나의 사랑은 네 마음씨 때문이라고
고백했던 거 실은 나도 뭐랄 수 없는

너의 특별한 생김새 때문이었다고
수정한다 그래야 맞을 것 같다

오징어에 대하여

죽어서도 찢기어 먹히는
오징어의 살에 대하여
연민을 느낄 필요는 없다
이놈의 영혼은 이미 천당이나 지옥으로
줄행랑을 놓고 동작 느린 몸만 남은 거다
가스렌지 위에 구우면 너무 뜨거워
제 노닐던 물 속 그리워 몸살을 하지
고기의 향긋한 내음이 이제
사람을 사로잡아 입안에
여덟 줄 발이건 열 줄 발이건 짭조름한
바다를 만드는 비장의 재주도 있구나
분골쇄신粉骨碎身, 사람의 살이 되고
피가 되고 니에미 좆같은 생각이 되어
거리마다 빌딩마다 무리 지어 헤엄을 치는
저 오징어의 떼가 불빛을 찾는다, 찾아
질주하는 세상, 사는 것이 꼭
자기 욕심만큼의 귀신에게 홀린 듯
언제 그물에 걸려 탱탱한 배를 갈려
쨍쨍한 햇볕에 납작, 말려질 줄 모를
저! 오징어

여우비

여우비 온다, 여우같은
그대 생각 환하게 밝히며
빗방울 떨어진다
마당 귀퉁이 얕은 물웅덩이에
빗방울의 작은 발바닥들이
동글동글 파문을 그린다
사랑도 저처럼 가슴의 가장자리까지
쉼 없는 생각을 밀며 번져나가는
빗방울 같은 것, 잠시잠깐의
환한 통증이 무심결에 찾아오는
이런 생애의 한 순간이여,
누가 이토록 오래 내려놓은
스위치를 올렸나, 확 불이 붙는
점등의 순간, 모든 게 들통나버린
오후의 알몸을 더듬는 손길이 보인다
멧비둘기도 매미들도 차마
소리를 딱, 그친 염천 한 때
여우비 환하게 내려 들켜버린
내 그리움의 심연도 막 번져나간다

봉선화

마음을 꺼내어
등을 달았네

오랜 시간
당신 한 사람만 생각해 온
부끄러운 나날들로
고개를 숙였네

순간의 만남으로
모든 게 끝나고
그 끝의 뿌리에서 다시
뜨거운 것이
올라왔네

작은 내 몸을 바쳐 이렇게
떨리는 날들이 있었다는
소식을

홍색 자색 연분홍
밝혀 들고 싶었네

2부

꺼지지 않은 먼 집들의 불빛

가죽탈

하회에서 사온 탈바가지 하나 본다
무슨 좋은 일 있어 합죽 입을 벌리고
만면 가득 산골 물골을 잡아당겨
걸판진 춤사위의 정점에라도 이르렀나
저 때쯤 깨금발에 덩실! 온 천지가 그만
위아래 없는 경지로 보름달처럼 솟았겠다
비지땀 달라붙는 속옷을 떼어내며
집인지 지옥인지 내 몸 누일 곳 찾아온 나
넥타이도 풀지 않고 주저앉아, 벽에 걸린
저 파안의 탈이라도 한 번 써볼까 얼쑤!
누구도 나를 어찌하지 못했고, 나도 나를
그랬다 인간의 탈을 쓰고 나는 나의
시늉만 해온 것은 아닌지 거울을 보면
나는 없고 누군가의 손이 스쳐간
빗살무늬, 조각도의 자국들이 깊다

매실주가 익는 밤

유리 항아리에 반쯤 담긴
매실주를 바라보는 밤, 저걸
한 잔 마실까, 생침을 삼키며
담황의 빛깔을 생각하네
열매가 풀어놓은 봄 햇살과
이파리를 간질였을 바람결이 보이네
양념 치듯 들려왔을 노고지리 소리도
먼데 아득아득 흘러 퍼졌을
꽃향기까지도 한자리씩 차지하고
으밀아밀 나를 땡기느라
저 유혹의 빛깔을 지녔을 것이네
내 마음 속 무슨 설익은 생각들이
쩍쩍 입맛을 다시며 뒤척이는
자정 녘, 저걸 한 잔 마시면
마음의 정처定處가 시나브로 높아져
저만치 올라갈 것만 같네
열매의 일생이 내려놓은
매실밭의 기억이 한동안 나를
붉게 물들여 줄 것 같네

입술

맞벌이 부부인 우리는 도둑을 두 번 맞고 이사를 했다. 서방 살 때 장롱 서랍에 있는 오만 잡것들을 방바닥에 다 끄집어내서 밟아 놓고, 그것도 흰 속옷에만 남겨진 선명한 운동화 발자국 보지도 않고, 아내는 허드레 성냥갑에 넣어 둔 결혼 반지는 그대로 있다고 좋아라 넋 나간 내 입에 뽀뽀를 했던 때가 첫 번째였는지 두 번째였는지 새로 이사온 아파트 자물쇠가 불안해 보조키를 달았는데 그것이 또 고장이 나 한 번은 십자 드라이버로 고쳐보려고 했지만 연결 부분이 오그라져 그대로 두고 갈아야겠거니 맘만 먹고 있는 요즈음

자연법自然法1

보는 사람마다 나를 쏘옥 빼닮았다고 혀를 내두르는 생후 2개월 된 우리집 꼬마는 팔을 흔들다가 다리를 흔들다가 무엇을 보는지 뚫어지게 한 곳만 쳐다보다가 잠깐씩 소리를 지르며 노래도 부르다가 혼자서도 잘 놀지요. 그러다가 살며시 내가 다가가 웃으면 저도 따라서 씨익 웃는 모습이 얼마나 신통하고 신기한 일인지 요새 나는 하루에도 몇 번씩 미치고 있지요. 그런데 오늘은 아직 가지고 놀 줄도 모르는 머리맡 장난감 나팔을 불어주었어요. 이상한 일이지요. 나팔을 불자 잘 놀던 아이가 갑자기 미간을 찌푸리더니 거짓말처럼 우는 거 있지요. 나팔 소리가 그치면 울음도 그치고 그러다가 나는 그것이 재미있어 또 나팔을 불면 또 울려는 폼을 잡는 우리집 꼬마의 표정이 재미있기도 하고 이상하기도 해서 왜 그럴까? 의문의 오솔길을 걷다가 혼자 걷다가 발을 헛디뎠나 봐요. 내가 저는 모습을 보고 사람들이 관절염이나 약간의 소아마비를 앓고 있는 것이라고 생각한다고 생각하는 내 주위에 요즘 왜 술 먹고 우는 사람들이 많은지 모르겠어요. 나도 그런 적이 몇 번 있는데 다음날은 통 불안해서 집에만 있는 나에게 아내는 속없이 술 먹고 속이 들었냐고 저 혼자 신나는 하루가 되지요.

자연법自然法 2

삼월에 내의를 입었다고 웃던 녀석에게 말했어야 했는데
그 나이에 머리가 벗겨졌냐고 그렇지 않아도 방안에서 내
의만 입은 몰골이 무겁다는 생각이 들어 샤워를 해야지 그
리고 날도 따뜻해졌으니 내의는 벗어버려야지 변기에 쪼그
리고 앉아 담배 한 대를 피면서 황동규의 악어를 조심하라
고?를 실피다가 깜짝 놀라 일어났는데 돌아보니 청계천 악
어는 간 데 없고 모처럼의 늦잠에 잘 다져진 똥덩이들 편히
누워 걱정말고 어서 누라고 이렇게 우리처럼 팔다리 내어
맡기고 죽은 듯 죽은 김종삼 시인의 장례식에 찾아온 허황
하고 멋진 청년이 내심 자기 장례식에도 왔으면? 온다면 편
히 눈감고 못 지낼 것 같다는 말 믿기지 않아 손잡이를 누
르니 쏴아 하고 머리 속 누비던 오만 잡동사니 것들이 다
빨려 들어가는 느낌 내의를 벗지 않아도 샤워를 하지 않아
도 가벼운 기분으로 아내 곁에 누워서 엠비시 주말 연속극
〈아들과 딸〉에 나오는 석호를 좋아하는 그대 곁에 누워서

자연법 自然法 3

고향 초등학교 사 학년 때던가 등굣길 교문 앞 논둑에 서 있던 여자, 새로 온 우체국장 딸이라던 그 누나는 물 빠진 녹색 스웨터에 검정 주름치마를 입고 자주 우리가 파하던 늦은 오후까지 거기에 그대로 서 있곤 했다. 입에 손가락을 문 오른 쪽 팔꿈치를 왼손으로 떠받치고 그냥 서 있던 그 누나가 아침부터 오후까지 때론 저녁까지 움직이지 않고 그대로 서 있었는지, 집에 가서 점심이라도 먹고 오는지 그게 궁금하던 우리들 중 한 아이가 막대기로 신발 둘레에 금을 그어놓고 집으로 가는 길에 보았더니, 그 자리에서 일 밀리도 벗어나지 않고 하루 종일 그대로 서 있었다고 한동안 우리 사이에 화제가 되곤 했다. 포동한 입술에 긴 머리를 늘어뜨리고 젖은 빨래처럼 하필이면 물 흐르는 도랑 옆 논둑에 매일같이 나와 서 있던 그 누나가 왜 그랬는지 우리는 알 수 없었고, 가끔씩 지나가던 개들이 그 누나를 쳐다보고 컹컹 짖어서 시끄럽기도 했다. 그러다가 한 번은 어울려 다니던 동네 개들 여남은 마리가 한꺼번에 몰려와 마치 기총소사를 하듯 짖어댔는데, 그래도 그 누나는 엷은 웃음만 흘린 채 미동도 않자 지친 개들이 아예 길가에 퍼질러 앉아 단체로 멀뚱히 쳐다보다가 저희끼리 고개를 갸우뚱거리며 참 묘한 일도 있다. 길 가던 사람들도 걸음을 멈추고,

41

참!

오늘 쉬는 날인가?

유치원 병아리 반 다니는 우리 집 꼴통이 피아노 학원 앞에서 자꾸 머뭇거리고 있다. 차에서 내려 가까이 가 물으니 손가락으로 제 이마를 가리킨다. 어제 놀다 넘어져 다친 상처 딱지를,

벽화 壁畵

마음씨가 수상한 초등학교 1학년
우리 집 꼬마가 그려놓은 저
호빵맨 같은 놈이 내 얼굴이라니
그것도 안방에 붉은 색 크레파스로
냅다 갈겨 그린 추상화 한 점
유난히 쳐다보는 밤, 안경 하나
낀 것말고는 닮은 데 하나 없다
더구나 귀도 없는 저 도깨비 같은
요물이, 식구들이 잠든 깊은 밤
가만 들여다보니 내 얼굴이 맞다
수영장 가자는 약속도 못 지키지
툭하면 술 마시고 늦게 들어와서
시끄럽다고, 공부하라고 화내지
어디 한 군데도 빠트리지 않고
영락없이 빼닮은 내 얼굴이 맞다
그래 저 괴물이 오늘 밤 벽을 내려와
너희들이 차버린 이불깃을 덮어준다
티브이를 끈다 아직 꺼지지 않은
먼 집들의 불빛을 본다

목련 근처

우리 집 쪽으로 꽃을 피운
우리 옆집 마당에 서 있는
잎이 늘 푸른 저 나무가
목련 나무가 아닌 것은 확실하지만
나는 저 나무의 이름을 모른다

저 나무에 대하여 언젠가
적당한 누구에게 물어봐야겠다고
생각하여 왔지만 차일피일 여기까지 왔다

손바닥 두 개를 살짝 오므려
합쳐 놓은 듯 크고 흰 꽃이 한두 개
저 꽃이 질 때가 됐는데 봄에는 그랬다
목련 나무에서 목련
비슷한 나무였다가 목련
비슷한 나무의 기운이 점점 옅어져
흔적도 없어진 오늘은 하지夏至

목련이 아닌 것만이 확실한 하얀 꽃

한두 개가 우리 집 쪽으로 귀를
기울이고 있다

낡은 장롱

아내가 시집올 때 사온 원목 장롱
가운데 외짝문에서 새소리가 난다.
옷을 갈아입느라 문을 여닫을 때마다
들려오는 신기한 새소리,
한동안 나를 불러 세우는 소리의 주인은
살과 살이 맞닿는 자리 닳아선
새 물결무늬로 삐걱거리는 곳.
투명한 물 속의 조약돌을 들여다보듯
그 일렁이는 무늬에 얼굴을 디밀면
일상의 서랍들이 열리고 거기
고슬고슬 빨아서 잘도 개어진
빨때추니 아이들과 짠순이 아내의 꿈들,
그리고 술 취하면 아무 데나 자리 봐서
오줌 누고 토하고 함부로 슬퍼하는
속없는 가장의 옷가지들,
차곡차곡 쌓인 온갖 사연의 곡조曲調들
해지고 작아서 못 입는 옷들과 같은
고단한 사랑의 흔적들 지나서
마지막 서랍 맨 밑엔 오늘도

닳은 바짓단을 박음질해서
환한 아침의 골목길로 나를 배웅하는
아이들과 아내의 애틋한 잠자리,
전세계약서가 꿈틀 돌아눕는다.
곰비임비 세월은 가도, 오래 묵어 윤나는
장롱의 땟국 같은 다정多情은 쌓여
삐걱거리는 문짝 소리가 문득
생생한 새소리로 흐르던 것이다.

집에 대하여

곤줄박인가, 한 마리 푸드득
날아오른 자리 슬며시 헤치자
푸나무서리 속 둥지 하나 숨어 있다
마른 지풀이며 잔가지 보드솔잎으로
얼기설기 정교하게 지은 집 한 채,
함박꽃잎 낱낱 같은 알껍질들만
남은 자리 아직 따뜻하지만, 누구나
자기를 벗어버리고픈 집이 한 채 있지
산길에 잠시 앉아 에멜무지로
내가 두고 온 집의 매무새를 본다
일정한 넓이와 높이의 벽면에 그려온
곰팡이 핀 시화詩畵가 얼룩얼룩 걸려 있다
까맣게 눋은 자국도 선명한 바닥에
늘 때늦은 사랑과 불콰한 추억의 가구들,
찬찬히 들여다보면 바람벽 튼 틈새로
비명을 지르는 외풍의 세월,
눈비에 굽은 팔다리로 일구어온
뜨락의 나무와 작은 꽃밭까지도
꽃 피고 꽃 지는 일의 자승자박처럼

나를 가두는 하나씩의 빗장이었다
자꾸만 천장이 내려앉는 감옥에서
하루에도 몇 번씩 머리를 부딪는 새들,
내가 박아온 주춧돌과 기둥과 문띠들로부터
자유로운 하늘에 새들을 풀어놓을 땐
내가 가 닿을 누군가는 나를 기다릴까
허리를 펴고 다시 산길을 걷는다, 이쩌면
나는 지금 누구의 집에 잠시 세 들어
사는 지도 모른다는 생각 찰나에
붉은뺨멧새가, 아까 그 둥지로
다시 포르릉 날아들 건 뭐람!

매생이국을 먹으며

오치 한전앞 굴다리 옆에서
매생이를 파는 할머니 한 분 어쩐지
갈라터진 손등이 울엄마 같다 했더니
고향이 포두면 남성리라 한다
남성리 사는 막내 고모 장날이면
팔다 남은 매생이에 해우 자반 가저와
우리집 굴뚝에선 모처럼 대낮부터 무슨
잔칫집이나 되는 양 시끌벅적
푸짐한 연기가 피어오르곤 했다
밥상에는 머리칼을 풀어헤친 남해 바다 몇 그릇
자맥질하는 석화 향이 달짝지근
덤으로 얹히고 후루룩 후루룩 저만치
씹을 것도 말 것도 없는 푸르른 한 때의 시절이
몇 발자국만 걸으면 잡힐 것도 같다
이런 게 있었냐며 처음 먹어본다는 아내는
시집 한 번 잘 왔다고 농담인지 진담인지
호들갑을 떠는데 모락모락 김나는
나의 한 때 추억의 입맛을 알리 없는
큰애도 작은애도 인상부터 찌푸리고

국그릇을 밀어낸다 하지만 아들들아
이 맛나고 부드러운 바다의 속살이
대한 소한 매서운 칼바람의 품안에서
전설처럼 자란단다 그리하여 오늘은
여기 따끈한 한 그릇의 아련한
아빠의 고향이 되었구나!

추석 무렵

사람이나 곡식이나 다 때가 있는 법인디, 여름내 큰물이 져서 콩도 깨도 올해는 다 베레부럿다. 큰바람에 무단헌 집 날리고 생목숨 절단 나는 난리를 치렀는디, 거긋다 대면 농사 망친 것이야 암시랑토 않은 일이다. 이 길도 넘의 다리로 가게 될 날 멀지 않었는가 싶다, 천천히 좀 가자. 나도 인자는 걸어댕기기도 심이 부치고 오만 삭신이 안 아픈 디없다마는, 참지름이야 꼬치가리야 콩 한 되씩이라도 느그들 주는 재미로 이 길을 댕기는 것 아니것냐. 헌디도 느이 아부지나 내나 가고 나면 이 골짝에 귀신 그림재만 얼씬얼씬 무섭것다. 사람이 안 댕기면 푸나무야 가시랑치들이 즈그들 길을 내서 사람 길을 막어불 것인디, 밭곡식인들 말해 뭔 소용 있겄냐, 천지가 왼통 뿍덕산이 되야 불 것이다. 저시커먼 모냥새 좀 봐라, 저것이 시방 곡식 때깔이다냐, 싯누런 황금맨치로 훤해야 헐 것인디, 아이고 어따 쓸 것이다냐. 또 좀 봐라, 갈키로 긁은데끼 밭두럭 골 패인 것 좀 봐라. 저 쭉쟁이 밭에서 목구녕에 들어 갈만한 것이 나오것냐. 어쨌거나 식구들 노놔 묵을 건 나와야 헐 것인디 탈이다. 처진거릴망정 거름 주고 지심 매고 병치레하는 젖먹이 얼르데끼 애간장 녹은 보람은 있어야 헐 것인디 말이다. 근디 너도 인자 손님이 되어분 지가 언제냐. 집에 오면 전답도 좀 둘러보고 그래라. 곡식들이 씨만 뿌려 노면 절로 크는지 아냐, 다 쥔네 발자죽 소리 듣고 이삭 패고 여물이 든단다. 오죽허면 쌀 한 톨에 여든여덟 번 손이 간다고 허겄냐. 하이고, 인총들아 이 즘생들아!

동백고모

　나에게는 피 한 방울 섞이지 않은 고모 한 분이 있다. 우리 둘째 고모가 동백으로 시집을 갔는데, 고모부가 육이오 때 군에 가서 전사했다고 한다. 고모는 아들딸 줄줄이 육남매의 아비인 같은 마을 유부남과 눈이 맞아 여수에 가서 살았다. 정월 스무 엿샛날 할아버지 제삿날이면 고모와 새 고모부가 우리 집에 오시곤 했는데, 졸지에 남편을 잃고 생과부가 된 동백고모도 제삿날마다 잊지 않고 우리 집에 오시곤 했다. 철이 들고 안 얘긴데 부엌에 숨어서나마 낭군님 얼굴 한 번 보려고 십 리 길을 마다 않고 정월 스무 엿새면 꼭꼭 제수 찬거리 사들고 우리 집에 오셨다고 한다. 오늘은 팔순 된 우리 고모부가 돌아가신 날, 망구인 동백고모가 제일 서럽게 울어서 상가에 모인 일가 친척들도 또 한 번 눈시울을 적셨다고 한다.

3부

■ 시인의 얼굴과 육필

나 방

송기흥

스님 한 분이 찾아 오셨다
그런데, 어디가 아픈지
몸을 뒤틀며 쓰러지셨다

입적이라도 하셨는가, 들여다보니
온몸을 떨고 있다

가운뎃 부실 툇마누에 갯벌무늬
가사(袈裟)의 문양이 아른거린다

생이, 이처럼 멀고 그 무엇이었다는 건지
생은, 이처럼 진지해 지며 살아야 한다는 건지

오내 떠돈다 돌아온 구도자의 심중이
장남잠적 안개서 떨고 있다

다음 생으로 건너가기 직전이다

4부

낮익은 피안彼岸

너라는 화엄에 이를 수 없는

내장산 원적암 가는 오솔길에
밟으면 딸깍,
소리나는 돌다리 하나 있다

조마조마 딸깍,
수리 안 나게 건너면
눈 먼 사랑이 이루어진다는 팻말이 있다

산은 제 가슴에 다리 하나 걸쳐놓고
이 한적한 곳에서
또, 너라는 화엄에 이를 수 없는
맥박 소리를 짚어주고 있다

하늘도 숲도 암자도
너, 한 사람을 바래 까치발을 딛고
농담 같은 돌다리의 마법에 걸리어 있다

세한도 歲寒圖
― 두가리 마을에서

뉘 집에서 청국장을 끓이는 걸까
구수한 내음 휘어 도는 강마을
호작거리는 물소리 위로
짙은 수묵의 눈발이 내리자
마을의 집들이 놀란 듯 움찔,
어깨를 낮춘다 기다렸다는 듯
나무들은 가지를 흔들어 새들을 날리고
집에서 나온 모든 길들이 삽시간에
제 몸을 오므려 사립문을 닫는다

길이 지워진 허허천지에
무장무장 쏟아져 내리는
짙은 수묵 속에서 하나, 둘
눈을 뜨는 저 불빛, 불빛들……

범의귀

무엇을 저리 골똘히 듣고 있는가
임공사 법당 아래
범의귀가 두 귀를 쫑그리고 있다

눈도 코도 입도 없이 온 몸이 귀다
이렇게 큰 귀가 있는 걸 보면
듣는 것이 참 중하기도 하는가 보다

이렇게 귀가 크면
지구에 있는 모래알 수의 열 배나 된다는
온 우주의 별들
연애하는 소리까지 다 들리겠다

그래서 부처님도 저렇게
큰 귀를 가졌나 보다

호랑이는 호랑이다운 데가 있다

메기

차오프라야강의 스님들 생각이 난다

천 원 짜리 빵 한 조각을 드시려고
관광객들이 탄 통통배 위로 솟구쳐 올라올 듯
탄력이 좋은 그분들의 이마에서는 오랜
수도修道의 이력 때문인지 빛이 번득였다

턱에는 수염 몇 개가 가시처럼 박혀 있었다

보이지 않는 사원의 고삐에 묶인
팔뚝만큼씩 한 육신의 안부가
궁금한 저녁이다

무안 낙지전에서

고무함지마다 낙지가 우글우글하다
뽀글거리는 산소 거품 쪽으로 몰린
목숨들이 웬 숨을 골라대고 있다
한 마리를 건져 올리자 순식간에
팔뚝을 휘감고 달라붙는다 닥치는 것은
무엇이든 냅다 끌고 가서
주먹감자라도 먹여버릴 참인지, 하마터면
함지통 속으로 머리를 처박을 뻔했다
혹여 알량한 뚝심으로 제가 이제 나를
밀물 드는 서녘 개펄로 끌고 가려는가
이 당찬 깡다구의 역사役事로
임자도가 뭍으로부터 떨어져 나갔고
해제 반도의 멱살이 또한 뻘밭 쪽으로
절반쯤 끌려나와 있는 것 아닌가, 삶이란 게
이 스산한 바람맞이에서 옷자락을 붙잡는
도막이의 호객 소리 같은 것이어서
나 또한 세상의 한 귀퉁이를 부여잡고
결코 놓쳐버릴 수 없는
그 무엇이 있음을 고백한다 문득 나를

제 동족으로 알았는지 옥죄었던 빨판을
슬슬 거두어들이는 착한 생물生物의
눈에 어린 빛나는 물기를 본다

외출

나는 없다 그대들의
눈으로부터 비롯한 초점의 거리에서
나는 단 한 번의 허깨비일 뿐
표정도 없이 바라보는 그대들을 거기
그렇게 서 있도록 강제하는 깃발
누가 보았는가 바람 불지 않이도
가볍게 흔들리는 질서의 등뒤로
이렇게 내가 빠져 나와 튼튼한 두 발로
가끔은 너무 멀리 왔다는 생각
어젯밤에는 술을 많이 마셨지 입술이
리트머스 종이처럼 붉게 젖도록
손님들이 돌아가 버린 생맥주 집에서
꿈을 꾸고 있었던 것인지
주인이 흔들어 깨웠을 때 그 때
나는 거울을 봤어야 돼,
흐트러진 머리, 오! 가여운 내 입술
무죄의 발걸음을 위하여 울리는 종소리
셔터가 내려지는 소리를 들으며 나는
찰랑거리는 달빛을 밟는다 보라

백색의 달이 제압한 그대들의 마을
깊은 겨울밤 전봇대에 기대어, 여보세요
교통交通하기 위해 수화기를 든 건 아니지
비록 얼어붙은 입술만 남아
고꾸라진 아침을 맞을지라도 그 때까진
아직 시퍼렇게 눈뜬 돌부처처럼
나는 나로 돌아가지 않으리라
안개 혹은 삭풍의 마을에서 지워진
기운들이 모이고 모인
가설假設의 언어, 담장 밖에서, 나는

장가계, 토가족 식당에서

닭고기를 우려낸 국물이
뼈에 사무치듯 온몸이 따뜻해진다
주인 여자는 키가 작고 얼굴빛이 검다

2월, 먼 봄의 입구에서
눈물과 콧물과 뗏국물 범벅인 단발머리
계집애 하나가 흙장난을 하고 있다
어쩌자고 땅바닥을 꼬챙이로 냅다
파내고 있다

언젠가 한 번은 꼭 와본 것 같다
천자산, 이 거짓말 같은 이역의 풍광이
낯이 익은 고향의 뒷산 같다

키가 작은 토가족 아지매가
국물 한 국자를 더 퍼 준다

돈을 벌고 산다는 게 참 따뜻한
그 무엇이라는 생각이 든다

식당 앞에 쪼그린 코흘리개 계집애가
인천 사는 옛날의 누이 같다

거리 距離

외롭고 쓸쓸하다고 내가
창문을 열었을 때 우리도 그렇다고
일제히 손바닥을 펴 흔드는 꽃, 나무, 숲
속의 길, 길이 너무 많아
한 번 나가면 다시는 못 찾아 올 것 같아
집에만 계시는 시골서 오신 우리 어머니
당신과도 나는 서로 다른 길에서 손만 흔들고
아직 별 탈 없이 자라고 있는 것처럼
보여진다고 생각하는 나무 한 그루
저게, 잎이 먼저 나고 꽃이 피어
목련이 아닌 것 같은데 중얼거리는
내 등을 두드리며 저만치 앞서가는 사람들
발자욱을 따라 가끔씩은 뒤로도 걸어보고
옆으로도 걸어보고, 보면서 금방
발 밑에서 부시시 고개 드는 풀잎들
야! 너희들도 살긴 살아 있는 거니?
머언 옛날, 한 번쯤 불러본 이름처럼
실감이 안 나는 얼굴 잊어버릴 것 같아
발을 동동 구르며 당신 주위를 맴돌다

멈추어 선 낯익은 피안彼岸,
맥박 소리가 천천히 떠다니고 있는

룰라
– 캄보디아 시편

톤레삽 호수에서 관광객을 태워 나르는
통통배의 조수인 룰라는 올해 열 살이다
새까만 얼굴에 커다란 눈망울의 저 아이는
땟국에 절은 가난뱅이 선상 가옥들
틈을 비집고 먼 수평선이 보이는 유람선으로
우리를 태우고 나가는 어엿한 일꾼이다
능숙한 몸놀림으로 호수 바닥에 장대를 짚고
배를 밀어 나가는 저 어린 어른을 보라
무엇이 저를 저렇듯 신나고 즐겁게 하는지
싱글벙글, 저 혼자 세상 살 판은 다 났다
유람선에 올라서는 사람들 사이를 빙빙 돌며
콧노래를 부른다 깨금발을 딛고 춤을 춘다
보아하니 사는 게 그저 노래며 춤이다
저 애옥살이 선상 가옥들 중 하나가
제 집일 테고 학교도 다니지 못하는 룰라
최빈민국이면서도 행복 지수가 가장 높다는
이역의 꼬마에게서 배운다 내가
지나치게 마음 졸이며 살아온 건 아닌지
의심스러워진다 가진 건 없어도 하루하루

생은 살아 숨쉬는 것만으로도 마냥
신나고 즐거운 그 무엇이 아니던가 인간은
자신이 누리는 행복을 모르기 때문에
불행하다고 누가 그랬던가 노래하며
살지어다 룰라처럼 춤추며
살지어다 룰라처럼

향기의 총성銃聲

백련사 선다원 앞뜰에 차나무가 있다
백일홍 꽃그늘에 앉아 들여다보니 가지에
처음 보는 시퍼런 열매들이 달려 있다
이파리 아래로 오종종 매달린 걸 보니 문득
이게 총탄이 아닌가 하는 생각이 든다
차나무라는 소총의 탄창에 장전된 탄알
표적을 향하여 아승지겁阿僧祇劫을 날아가는, 날아가면서
향기의 총성을 울려주는 종자種子의 힘,
그렇다면 다산과 혜장이 마시며 듣던
이백 년 전 향기의 총성이 지금 여기
울려 퍼지고 있다고 동백숲의 매미떼는 또
자지러지는 합창을 하는가 늦가을이면
열매와 꽃이 만난다는 실화상봉수實花相逢樹
쨍쨍한 햇살과 바람과 흰구름으로부터
타고난 제 팔자가 내장된 고요한 총탄들
그 생생한 생生의 무게를 집어들어
코에 대보고 귀에 대보고 하는데
향기는 무슨, 생기다 만 것 같은
생김새도 그렇고 참 내 사는 게

이 열매와 별반 다르지 않다는 내 생각이
딱, 맞아떨어지기라도 하다는 건지
딱, 딱, 딱, 딱……맞장구를 쳐대는
염불 소리가 내려오고 있었다

채석강에서 퇴적암을 읽다

누가 읽고 쌓아둔 생각의 높이일까
채곡채곡 굳은 저 만권서萬卷書의 적재
층층한 세월 뒤척일 줄도 모르고
어떤 집요한 꿈의 화신인양 한 시절
그 누구의 아픈 데를 보여주고 있는가
너무 오래 한 곳에 집착한 병
진물 되어 흐르는 책 귀퉁이를 보니
필시 그도 무슨 애절한 곡절이 있었나!
그래 한 권 한 권 밤을 지새워 읽은
책들을 쌓아서 다다르고자 했던
그 무슨 경지가 있었을 거야
저 창해의 깊이와 청천의 높이를 도모한
그 고고孤高의 푸르고 푸른 궁리!
어느 날은 슬그머니 밖으로 나가
화염의 막소주에 무척은 취해선
저 망망대해의 눈물을 훔치기도 했을 터
제 스스로 쌓아온 높이의 저 아래
파랑 일렁이는 맨 처음의 바다을 향하여
모든 걸 던져버리고 싶기도 했을 거야

생각해봐, 파도는 끝없이 으르렁대는 곳
누구나 공들인 탑만큼의 아뜩한 벼랑
그 위험한 높이를 가지고 있다는 거
그렇지 않느냐고, 천지에 부신 햇살도
그가 읽고 쌓아둔 생각의 만권서, 딱
그 면적만큼만 환히 비추고 있는 거

야단법석 野壇法席

백련사 오르는 동백나무 숲길
매미 소리 자욱하네

무슨 법문을 저리 외는지
숲 속에 있는 매미란 매미
제 속엣것 쇠다 뱉는 야단법석에도
아스라이 허물만 남길 일 아닌가

속내 모르고 쏟아내는 저 화상들의
칠 년 간의 땅 속 묵언정진默言精進을 생각하네

삶이란 게 부박해서 때로
단 한 번 세상의 천둥번개를 위하여
눈도 귀도 입도
다 감추어 두어야 했던 것은 아닌지

견뎌온 자만이 누릴 수 있는
득음得音의 경지에
합장하는 동백나무들

싯푸른 이마를 번쩍이며

이 시끄러운 고요의 중심을 지그시
밀어 올리고 있네, 나는 짐짓
염천하늘의 흰구름 유유한 것 보네

뽕짝조調

빈집들만 우두커니 적막을 짓는
웃냇골 방죽가 삐비꽃 천지다

낚싯대를 펼쳐놓은 채 아까부터
녹음기를 틀어놓고 춤을 추는 저 남녀
시장 어귀에서 튀밥이나 튀면
딱 맞을 차림의 초로의, 가시버시일까
쿵짝 쿵짝 쿵짜자 쿵짝
네 박자 가락에 맞추어 허공에다
는실난실 손가락을 찔러대고 있다

부부싸움 끝에 바람이나 쐬자고 왔을까
돗자리 옆에는 두꺼비도 몇 마리
오늘 하루 한껏 취하고 놀고
내일 딱 죽자고 약조라도 한 걸까
멋적은 청대숲이 귀엣말을 하는지
저희끼리 수런거리는 한나절

삐비꽃 하얗게 쓸리는 그 눈부심으로

마음속 애진 상처를 쓸어도 좋겠지
세상에는 자기들 형편에 딱 맞는
사무치는 노래가 있긴 있을 터이다

아무렴, 여기저기 빈집들조차
어깨를 들썩들썩
노랫바람에 술렁이는 윤사월 오후

불갑사 본존불本尊佛을 향하여

불갑사 대웅전 앞뜰에 아름드리
목백일홍 한 그루 꽃송아리 만발이다
그 무슨 비밀한 소원이 있어
해마다 찾아와 백일 기도를 하나
사방팔방으로 입술이 타도록 발원을 하나
둘러보면 세상사 이룰 게 너무 많아
무엇을 빌어야 할 지, 나도 누구한테
무릎 꿇고 두 손 모아 본 적 있던가
그런데 가만, 저 황홀한 손끝으로
부처님 코앞에서 꽃보시를 하는 저
나무보살의 속내를 어찌해야 할지
복전함에 지전을 넣고 오체투지
절을 해대는 아지매보살 할머니보살들은
또 저 주름살 탱탱하게 펴지도록
무슨 복을 내려줘야 할지 지그시
눈꺼풀을 당기는 본존불의 상호에
진땀이 배어 나는 듯하다 아무렴,
바람이나 쐬자고 여기까지 찾아온 우리도
사는 게 이마에 땀나는 일이기야 하지만

산문 밖 소식도 흉흉한 터에
파업이라도 할 참인지 오뉴월 땡볕에
이래저래 부처님 노릇도 고역일 터
그 눈치를 챘는지 목백일홍 보살님도
제 몸을 뒤틀어 한 소끔의 꽃비를
흩뿌려 보는 여기는 이런, 불경한 생각
들 법도 한 폭폭 찌는 복날의
인적 뜸한 절간이지 않은가

저녁 무렵
– 겨울, 순천만에서

살점 하나 없는 **뼈**만 남은 노인들이
손에 손을 잡고 어디론가 가고 있다
발걸음이 잘 떨어지지 않은지
손사래를 치기도 하고 서로서로
등을 밀어 주고 어깨를 붙잡아 주기도 하면서
부지런히 걸음들을 재촉하고 있나
혼자서는 일어서지도 못할 웬 꼬부랑 노인들이
단 한 발자국도 움직이지 못하면서 이미
수 만리를 걸어서 집을 나온 가축들처럼
가쁜 숨을 몰아 쉬며 자기들끼리
앞서거니 뒤서거니 보폭을 맞춰가며
양팔을 내어 젓고 있다 하나같이
산 사람이라고 말할 수도 없는 노인들이
앙상하게 **뼈**만 남은 비쩍 마른 체구의
웬 의혹, 투성이들이 의기투합, 이렇게
드넓은 갯가에 한사코 나와서
한 자리씩 차지하고 먼길을 가고 있다
마치, 삶이란 게 이와 같이 가장
간단한 차림으로 어딘가로 가고 있는

속절없는 무엇이라는 걸 몸소
보여 주기라도 하려는 것처럼

5부

아직 아무 일도 일어나지 않는다

일진日辰

오늘은 기분이 묘한 날이다
무슨 좋은 일이 있을 것 같다

짝짓기 중인 고추잠자리 한 쌍이
투명한 실그물 날개를 파닥이며
내 옷소매로 날아왔다

하트 모양으로 공중제비를 돌며
격정의 한 때를 내게서 보내고 갔다

감전이 된 듯, 아직도 온 몸에
저릿저릿한 전류의 느낌이 있다

야릇하다, 자동차의 경적과
좌판에서 들려오는 소리들을 헤치고

천둥, 번개의 소식이라도 한 자락
튀어나올 것만 같다

11월

누군가 쏜 산탄散彈처럼
참새 몇 마리가 흩어졌다

나는 창가로 가서
새들이 거두어간
허공의 길들을 더듬어 보았다

종적 없는 길의 어귀에서
일생을 보내버린 느티나무 붉은 잎들
저, 노숙의 얼굴들도 돌아설 때가 되었나
핏빛 놀에 비친 투정의 날들 사이로
어지러운 세상의 단서가
보일 듯도 하였다 그간 나는

마음에 없는 고개를 함부로
끄덕여 왔다는 생각에 잠시
마음이 편안하였다

저녁 무렵

비행긴 줄 알았다
저렇게 높이 떠서
날아가는 새떼가 있다니

아득하게 울음소리가 들린다 그게 꼭
나무 호루루기 인에서 맴을 도는
코르크 조각이 만들어내는 공명음 같다

어디에도 함부로 들리지는 않을 것 같은
저 소리에 귀 기울이는 곳마다
제비쑥이 돋고 진달래꽃이
피어날 것이다

春子

월곡 시장에서 춘자를 만났다
해삼 멍게나 좀 먹어 볼까 하고
어물전을 기웃거리는데
내 등을 탁! 때린 그녀
다 변했어도 그 펑퍼짐한 웃음만은
삼십 년 전 그대로였다
어릴 때부터 살림맛이 들었다고
어른들 칭찬이 자자했던 그녀
남편과 함께 생선을 팔고 있었다
남편이 너무 착하다고,
욕심도 좀 있고 그래야 하는디
별로 재미가 없다고 연거푸
소주를 석 잔을 들이켰다
장사 때문에 바빠서 이 봄날
꽃놀이도 한 번 못 갔다고 이따
끝나고 노래방 가자고 했다

국가보안법國家保安法

불개미를 잡는 약이 없을까 혼잣말로 중얼거리자, 약국에서 판다는 말은 들었지만 왠지 죽이는 것은 싫다고 아내가 말했습지요. 방안곳곳에 기어다니는 깨알보다 작은 치들이 이따금 팔뚝을 타고 기어오를 땐 가차없이 으깨어버리곤 했는데요, 그러나 보다 더 두려운 것은 잠잘 때 몸의 중요한 부분을 더듬고 다니며 우리들 꿈의 공화국을 송두리째 깨물어버리지나 않을까 하는 염려였습지요. 결국은 보이는 족족 놈들을 잡아서 빈 유리컵 속에 담았는데요, 애초부터 타협의 대상이 되지 못하는 고 요망한 이방異邦의 정체들을 자세히 들여다보니 양손을 싹싹 비비며 살려달라고 애원하는 것도 같았습지요. 아니 아니 이젠 당신의 편이 되겠노라고 필사적인 몸부림을 하는 것도 같았는데요, 그러나 그 중 한 마리가 미끄러운 유리벽을 기어오르다 떨어지고 기어오르다 다시 떨어지기를 수백 번, 마침내 아득한 컵의 운두를 넘어 제 갈 길로 기어코 달아나는 깜냥을 보곤, 나는 나도 몰래 뜨거운 박수를 보내고 말았습지요. 아무래도 고무 찬양을 하고 말았습지요.

동장군動將軍

육 년만의 폭설과 한파란다

천지가 꽁꽁 얼어붙은 영하의 아침이다

하늘과 땅의 얼음을 뚫고 오직,

가녀린 폭포 하나만이 움직이고 있다

나에게도 네게로 흐르는 물줄기 하나가 있다

그것 때문에 나는 산다

피에로풍風의 자화상

– 모딜리아니, 1915, 보오드지, 유채, 43×27㎝

신발 하나가 겨우 지나다닐
좁은 길이 끝나는 곳에 약국이 있다
태양보다 먼저 셔터가 오르고 환한 실내
진열장마다 촘촘한 약들이 빛난다
먼 마을의 불빛 같은 치료제들과 함께
초록 스웨디 위로 길게 솟은
하얀 목을 기르는 여약사가 있는 마을
사람들은 초저녁부터 소주를 마시고 그 때
머리를 길게 늘어뜨린 한 여자가 거기
어두운 담벼락에 얼굴을 묻은 채 서서
오래 움직이지 않았다
석상 같은 뒷모습, 바람도 없는데
여자의 심장이 길게 끈을 매달고
흔들리고 있었다 어둡고 쓸쓸한 나날의 뒤편
여약사의 초록 눈에 담긴 먼 빛이여
술 늦은 밤 길바닥에 주저앉아
붉게 젖은 가슴을 풀었을 때 찢긴
내 마음의 지도를 비출 순 있을까, 헤아림은 멀고
새벽 안개의 애무가 나를 일으켜

다시 낯익은 골목길로 몰아 넣었다
촉촉이 젖은 날개를 닦으며 맞이하는 아침
밤새 떨어진 별들의 기침 소리가
겨울 나뭇가지를 흔들어 깨우고
신발 하나가 겨우 지나다닐 좁은 길 끝에서
초록 스웨터, 초록 눈의 여약사
허리 굽은 낮달 하나
오래 쳐다보고 있었다

자문自問

그 사람이라고 써놓고 보니까 거 참
간단해서 좋다 간단해서 좋다고
생각해 보니까 그 사람도 다른 사람들과 같이
밥 먹고 일하고 때 되면 잠자는 그렇고 그런
사람 중의 한 사람이다 그렇고 그런
사람 중의 한 사람이나라는 내 생각은
맞을 수도 있고 틀릴 수도 있다 맞는 것과
틀린 것의 차이는 생각의 차이다 생각에
차이가 있다는 것은 상식이다 상식이
밥 먹여주는 세상에 나에게는 밥보다
그 사람이 우선이다 내가 하는 일 중에 그 어떤 것도
그 사람과 노는 것보다 중요한 일은 없다 그러나
그 사람은 나와 놀아줄 시간도 별로 없고 그 사람이
밥보다 우선이라고 아무한테도 말한 적이
없다 그러므로 나는 맨날 허튼 소리로 산다
내가 허튼 소리로 산다는 말도 사실은
참말이 아니다 왜냐하면 그 사람이
개입되지 않는 일에는 대체로 나도
다른 사람들과 비슷하게 살아가는 탓이다 그러나

내가 행하거나 관심 갖는 일에는 언제나 그 사람이
개입되지 않은 적이 없다 그러므로 그 사람은
결코 그렇고 그런 사람은 아니고 내가 아무리
그 사람을 그 사람이라고 쓴다고 해도 간단해서
좋을 일은 아니다 그 사람은 나의 누구인가?

오늘의 질문質問

예식장 뷔페에서 점심을 먹는데
김밥이며 돼지갈비 틈으로
삶은 주꾸미의 대가리가 보인다
영락없는 까까머리 선승의 폼이다

아무렴, 주꾸미기로서니
고해의 소금 진흙 뻘밭에서
동안거 하안거에, 대가리 벗어지는
탁발의 날들이 없었겠는가

성속일여聖俗一如, 사는 게 도 닦는 일이라는데
오늘만은 세상에서 가장 행복한 한 쌍이라는
주례사의 구절도 오늘 지나면
고행의 나날이 첩첩할 거라는 반증일 터

간밤 507호에서 들려온 비명에 설친 잠,
우리 동네 마천루 같은 교회의 목사내외가
그렇게 내지른 외마디는 왜
무엇 때문인가 하는 것이다

접시에 가부좌 튼 선승이 오늘 내게
생뚱맞게 물어오는 질문은
살아갈수록 오리무중인 생의 허방인가

월곡동月谷洞의 깃발

네 이름의 스타카토를 밟고
덤프 트럭의 천둥소리가 지나면
하늘에 깃발들 속속 오른다
꼭두새벽마다 30번 버스가
노동의 아픈 다리를 실어오는
개발 지역 건설 현장의 깃발들
불구의 아스팔트길 서둘러 단장해선
가장자리에 심은 모과나무며
작은 들풀들이 앉은뱅이로
신유의 차례를 기다리는데
비 한 점 없는 대낮, 흙먼지만 자욱타
거리마다 십자가는 불꽃을 다투고
고층 아파트 올리는 망치 소리는
어깨 처진 형제들의 꿈을 부수는가
도심에서 쫓겨온 식민지의 자식들이
이삿짐을 푸는데 새가 사라진 마을,
새가 사라지고 들어선 예배당들에서
새 없는 새벽을 종소리가 깨우고
죄 없는 사람들은 야밤까지

만취의 나팔을 왜장쳐 부는데
땡볕 치는 월곡동 정처도 없이 서서
저 깃발들은 또 누구의 안식을 위해
오늘의 저녁을 펄럭이고 있는가
오늘도 덤프트럭 천둥소리에 찢긴
달빛만 어룽대고 있다

까치가 짖는 오후

시끌벅적, 밖이 하도나 수선스러워서
내다보았더니 교정의 어린 느티나무에
까치 두 마리가 앉아 청승을 떨고 있다
암놈수놈 처녀총각 짝짓기를 하려는 건지
이 가지 저 가지를 오르락내리락하니
느티나무 가는 가지들 출렁기리며 휜다
웬일인지 또 한 마리가 저공 비행으로
운동장을 가로질러 날아든다 여기저기
이놈저놈 온 동네 까치들이 다 모여든다
삽시간에 수십 마리가 작은 느티나무
한 그루에 모여들었다 가지에 걸린
허공들이 우지끈 뚝딱 부러질 듯 위태롭다
나무가 숫제 까치 소굴이 되었다
열매 새까맣게 푸드덕거리는 저 까치나무
보고 있노라니 아이들도 창문을 열어 젖히고
덩달아 박수에 환호성을 내지르고 있다
녀석들 시도 때도 없이 짖어대서
수업 시간에 시끄럽기도 하더니 오늘은
떼로 모여서 왁자지껄 떠들어대고 있다

필시 무슨 곡절이 있긴 있는 모양인데
저 소리를 알아들을 수 없으니 되레
아무 걱정도 없다 나도 녀석들도
수업하기 싫은 오후 어찌된 영문인지
물정은 모르지만 잘됐다 가관이다
곧 눈발이라도 칠 것 같은 오늘은
또 큰 설날, 대설大雪이지 않은가

안갯길

대낮에도 안개가 끼어 처처에서 길이 막힌다
안개에 가려 속도를 내지 못하는 차들이
스스로의 길을 막는다 차가 차를 이어 마침내
길이 된 비보호의 길, 빠져나갈 틈을 찾아
사람들은 이제 하늘을 넘본다
이곳 저곳에서 디지털 시계의 초침만 숨가쁘고
교차로가 아닌 데서도 번번이 접촉사고가 난다
팔을 걷어붙인 사람들은 차에서 내려
서로의 가슴에 톨 굵은 수화를 해대지만
잠시 후면 다시 그들은 잿빛의 풍경화
닫혀져 가는 길 끝을 향하는 나그네가 된다
그렇다 제 얼굴로 보여져야 할 마을과 집들을
지우고 있는 알 수 없는 안개의 붓질 앞에서
누구의 허물도 죄가 되고 죄가 될 수 없다
풀어 논 개들은 누가 가르치지 않아도
헝클어진 차들을 피해 중앙선에서 일단정지 후
재빠르게 그들의 목적지로 향하고
그림의 보이지 않는 뒷면을 따라 그날
동네 공단 사거리에선 끔찍한 사고가 났다

그 자리엔 알 수 없는 인과因果의 주인에게 돌아갈
상금을 매달고 널어 논 수의 같은 프래카드,
목격자는 안개 외에 누가 있다는 것일까
가시可視의 길에서 보면 천천히 걸어서
되도록 오래 사물을 바라보는 것이 보다
정확히 목적지에 이르는 길임을 숨기기 위하여
길이 있는 곳마다 저희끼리 속삭이며 번식하는
안개의 정체를 누가 보고 있는가
길을 깨고 서둘러 하늘길을 훔쳐버린
사람들의 행방조차 안개에 지워지고 있다

잔광殘光

푸르스름한 이내가 산허리를 두른다
마을의 집들이 곧 길을 떠날듯
백리까지라도 트인 신작로를
지그시 바라본다

아직 아무 일도 일어나지 않는다
은행나무 잎새들이 톡톡 떨어져
순금빛 기록을 남기고
자전거의 은륜을 굴리며 아이들이
길 위의 그 말씀을 읽고 있다

너무 오래 매달려 있었다는 듯
익은 생각들이 여기저기 감나무 위에서
제 발로 뛰어내릴 것 같은 위험한 시간
제 가슴에 얼굴을 묻는 이들은
이제 낮게 엎드려 떠나야 한다

시리게 씻은 햇살들이
다저녁 때의 강둑에 내려와

오래 오래 잔광을 부시게 하고
갈대들은 무엇인가를 예감한 듯
벌써 강 끝 쪽으로 흰머리를 든다

몇 개의 발자국들이 길 위를 지날 때
능선을 타고 넘어온 후조候鳥들이
벼 베어낸 논바닥에 한 짐 가득 내려와
부리를 내밀어 점점점
무언가 점을 치고 있다

폐가

집에도 생이란 게 있겠다
신창 재개발 지구 외딴 집
목련나무 살구나무 다 파가 버리고
문짝 뜯어내고 세간 드러내니 온갖
잡풀들이 토방까지, 마루까지 올라선다
숫제 안방까지 들어가서 없는 집의
멱살이라도 잡고 어찌해 볼 참이다
무장해제의 한 생, 정신을 놓아버린
말기 암 환자의 임종 직전의 몰골 같다
죽는데 전념하느라 정신이 없어
세상에 대하여 아무 미련도 염려도 없겠다
죽음이란 저렇듯 삶이 너덜너덜 닳고닳아서
죽는 게 더 편하겠다 싶을 때 찾아오는
피치 못할 그 무엇이어야 하는 것은 아닐는지
어느 날 불도저가 득달같이 달려와서는
퀭한 눈동자며 얼룩덜룩 곰팡이 핀 신음들,
행방불명의 생각들마저 깡그리 무너뜨릴 것이다
재차 죽음을 정리하는 파죽지세의 자리에
그리하여 새로운 생의 호흡이 있겠다 그런데

왜 저 다 된 시간을 얼른 치워버리지 않고
놔두고 있는지 엉뚱한 조바심을 놀래키는
꿩, 꿩, 먼 산에서 건너오는 소식 한 통에
솔깃 귀를 쫑그려보는 죽은 짐승의 시신
주위가 아연 고즈넉하다

노팬티

오늘 노팬티가 되었다
그 횟집에서의 과식 때문일까
3초, 아니 1,2초의 여유만 있었더라도……

문제는 백주에 팬티를 안 입었다는 사실,
겉으로야 누가 알기야 하랴만
어디서 무슨 일이 생길지 불안했다
마음 한 자락을 벗어버린 듯
그리하여
천년을 간직해온 청천벽력의 비밀을 어쩌면
세상에 들켜버릴 수도 있다는
조바심을 어쩔 수 없었다

그 동산에서의 기억,
태초의 피가 내게 흐르고 있음을
확인하게 되었다

입에 대하여
– 쌍암 호수 공원에서

피래미새끼들 입 좀 봐
수면에 떠다니는 저 분주한
작은 구멍들이 다 입이다

꼬마들이 던져주는 새우깡이며
뻥튀기를 받아먹으려는 것이다
바늘귀 만한 입으로……
새우깡 하나에 수십 마리가
달려들어 보지만 어림도 없다

순식간에 노란 배때기를 까뒤집으며
먹이를 낚아채어 사라지는
잉어란 놈에게는 속수무책이다

그런데 가만 생각해보니
피래미나 잉어나 나나 쉴 새 없이
뭘 먹어보려고 안달인 게 참
생생한 그 무엇이기도 하다

진화론進化論

조류의 날갯죽지를 닮은 새조개의
다릿살을 초장에 찍어 먹으며 생각한다
이 종족이 백 년, 천 년 후면 필시
새가 되어 하늘을 점령할 것이다
진흙 뻘밭을 걸어 다녔을 근육질의 다리에
깃이 돋고 그것이 날개가 뇌어 허공에 뜰 것이다
이 패류의 황갈색 조가비 안쪽을 보라
홍조를 띤 각질의 무늬를 보면
그들이 새가 되기 위하여 얼마나 뜨겁게
자신을 달구어 왔는가를 알게 될 것이다
하나의 화두를 향한 고행의 흔적이
거기 고스란히 배어 있다는 것이다
진흙 속에서도 마음은 늘 창공을 누볐을 것이다
환하게 열릴 생의 한 순간을 위하여
스스로가 자기를 품어 온 것이다 때가 되면
수면을 박차고 일제히 솟구쳐 오를
새조개떼의 장관을 나는 이승에서 보지 못할 것이다
허나, 나에게도 너에게도 그런 게 있다
가능할 것도 같은 그 무엇이 있다 꺼내 보면

새조개 껍데기의 안쪽처럼 붉은 무늬가
박혀 있을 것이다 그것에의 부단한 고투로 인하여
우리 가슴이 뜨거운 것이다 뭔가
결판이 날 것 같은 예감의 그 무엇을
나는 지금 맛보고 있는 것이다

詩가 보이는 두 컷의 풍경

1. 어느 가을날의 오후

올해는 가을이 오지 않을 것 같았다. 10월까지도 여름옷을 입고 자동차의 에어컨을 켜고 다녔다. 길고 긴 여름이었다. 그러나 누구의 말처럼 가을은 서서히 온 게 아니라 하루아침에 왔다. 하루아침에 찬바람이 불고 하루아침에 단풍이 들고 하루아침에 서리가 내렸다.

그러던 어느 날이었다. 수업을 마치고 휴게실에서 쉬고 있는데 열린 창으로 나방 한 마리가 날아들었다. 잿빛 누추한 한 생명이었다.

스님 한 분이 찾아 오셨다
그런데, 어디가 아픈지
몸을 뒤틀며 쓰러지셨다

입적이라도 하셨는가, 들여다보니
온 몸을 떨고 있다

가을 볕 부신 툇마루에 잿빛 무늬

가사袈裟의 물결이 아른거린다

생이, 이처럼 떨리는 그 무엇이었다는 건지
생을, 이처럼 진저리치며 살아야한다는 건지

오래 떠돌다 돌아온 구도자의 심중이
장삼자락 안에서 떨고 있다

다음 생으로 건너가기 직전이다
                        −「나방」 전문

　나방은 떨고 있었다. 주어진 생을 마감하느라 정신이 없
었다. 세상에 나와서 한 생을 누리고 이제 다음 생으로 가
기 직전이었다. 죽음 앞에서 나방이나 사람이나 두렵고 떨
리기는 마찬가지일 것이다. 길든 짧든 살아온 삶에 대한 집
착을 누가 쉽게 끊을 것인가?
　아버지는 독한 분이셨다. 생전에 약한 모습을 보이거나
더욱이 눈물을 보인 적이 없으셨다. 그런데, 자신의 죽음을
예감하셨는지 병원에 누워 계시면서 줄곧 눈물을 흘리셨
다. 흘러내리지 못하고 눈자위에 괴어 있는 눈물을 나는 가
만히 닦아드렸다. 그로부터 며칠 후 아버지는 돌아가셨다.
그 후 나는 아버지를 뵙지 못하였고, 앞으로도 마찬가지일
것이다. 설령 다음 생에서 아버지를 뵌다고 해도 우리는 이
승의 인연을 기억하지 못할 것이다.

우연히 나에게 다가온 나방 한 마리, 그 떨림의 의미를 나는 알지 못한다. 그러나 "생이 그렇게 떨리는 그 무엇이며 또 생을 그처럼 진저리치며 살아야 한다는 건 아닐까?" 하고 시에다 적었다. 죽음이 안타까운 그 어떤 것이라면 삶 또한 살아볼 만한 가치가 있다는 반증이 아니겠는가? 그렇지만 삶과 죽음을 그 누구도 자기의 의지대로 할 수 없다는 데 문제가 있다. 모쪼록 살아 있는 모든 생의 안부가 강녕하기를!

집에도 생이란 게 있겠다
신창 재개발 지구 외딴 집
목련나무 살구나무 다 파가 버리고
문짝 뜯어내고 세간 드러내니 온갖
잡풀들이 토방까지, 마루까지 올라선다
숫제 안방까지 들어가서 없는 집의
멱살이라도 잡고 어찌해 볼 참이다
무장해제의 한 생, 정신을 놓아버린
말기 암 환자의 임종 직전의 몰골 같다
죽는데 전념하느라 정신이 없어
세상에 대하여 아무 미련도 염려도 없겠다
죽음이란 저렇듯 삶이 너덜너덜 닳고닳아서
죽는 게 더 편하겠다 싶을 때 찾아오는
피치 못할 그 무엇이어야 하는 것은 아닐는지
어느 날 불도저가 득달같이 달려와서는

퀭한 눈동자며 얼룩덜룩 곰팡이 핀 신음들,
행방불명의 생각들마저 깡그리 무너뜨릴 것이다
재차 죽음을 정리하는 파죽지세의 자리에
그리하여 새로운 생의 호흡이 있겠다 그런데
왜 저 다 된 시간을 얼른 치워버리지 않고
놔두고 있는지 엉뚱한 조바심을 놀래키는
꿩, 꿩, 먼 산에서 건너오는 소식 한 통에
솔깃 귀를 종그려보는 죽은 짐승의 시신
주위가 아연 고즈넉하다

-「폐가」 전문

위 시의 현장이 되는 우리 학교 뒤의 외딴 집 한 채를 나는 어떤 잡지의 시작 노트에 아래와 같이 쓴 적이 있다.

"우리 학교 뒤, 들판 가운데는 낡은 슬레이트집이 한 채 있다. 마을에서 멀리 떨어진 외딴집, 온통 나무로 둘러 쌓인 집, 앵두가 익었는가 하면 어느새 복숭아가 철이고, 그런가 하면 또 감나무가 주렁주렁 저녁놀을 매달고……

마치 그림 엽서에서처럼 야릇한 향수를 불러일으키는 집, '저 집에는 누가 살까?' 복도 창문으로 그 집을 볼 때마다 궁금했다. 몇 년 전이던가 수업이 빈 시간에 나는 그 집에 딱 한 번 가본 적이 있다. 그러나 들일 나갔는지 사람이 아무도 없었다. 토방에 흰 고무신이 세워져 있는 것으로 보아 자식들 대처로 보낸 노인 두 분이 살고 있지 않을까, 그런 추측이 내

머릿속에 도장 찍혀 있다.

　모처럼 비가 그치고 오늘은 그 집에 빨래가 널렸다. 푸른 나뭇잎을 배경으로 흰 빨래가 일렬로 쫙 펼쳐져 있는 모습이 보기에 좋았다."

　한때 사람이 살았던 집, 꽃이 피고 빨래가 널렸던 집, 그 집이 지금은 폐가가 되었다. 문짝은 뜯겨나가고 세간도 드러내어지고 쓸만한 나무도 다 파가 버렸다. 문짝이 있었던 자리가 죽은 생명의 눈처럼 퀭하다. 저 폐가를 보면서 나는 줄곧 아버지의 임종 무렵을 생각했다. 더는 걸을 수 없는 막대기 같은 다리, 도저히 다시는 살아날 수 없는 어떤 최후를 다시 보고 있다는 생각을 지울 수 없었다. 그래 죽는 게, 죽어서 없어지는 게 더 편하겠다 싶은 생각, 그 생각의 열매를 주렁주렁 매달고 그 폐가는 이 글을 쓰고 있는 지금도 쓰러지지 않고 있다. 고통스러울 것이다. 신창 지구 개발이 본격화되면 이제 저 집이 있던 자리에도 아파트가 들어서고 상가가 들어서고 사람들 사는 소리가 왁자하게 들려올 것이다.

　사람이든 곤충이든 집이든 죽음을 껴안은 삶이 있다. 생이 있다. 눈을 크게 한 번 떠본다. 여기가 어디인가? 나는 누구인가? 아직도 떠돌아야할 먼 들판과 숱한 밤이 나를 기다리고 있을 터이다.

2. 집에 대하여

 불혹을 넘긴지 몇 년이 되었나. 한 때 나는 좋은 집에서
살고싶어서 아파트의 모델 하우스 구경을 다니느라 정신이
없었던 적이 있다. 그리하여 대출을 받아가며 아파트를 한
채 샀다. 지금은 그 집에서 이사를 하였지만, 좋은 집에서
단란하게 살고 싶은 마음은 누구에게나 있을 것이다. 그 꿈
을 이루기 위해 사람들은 절약을 하여 적금을 하고 고통스
러운 현실을 참아가면서도 환한 웃음을 잃지 않을 것이다.
하지만 사람이 사는 집에는 늘 따뜻한 아랫목만 있는 것이
아니다. 문풍지 울어대는 추운 겨울이 있고, 석성 근심으로
잠 못 드는 밤이 있다.

> 곤줄박인가, 한 마리 푸드득
> 날아오른 자리 슬며시 헤치자
> 푸나무서리 속 둥지 하나 숨어 있다
> 마른 지풀이며 잔가지 보득솔잎으로
> 얼기설기 정교하게 지은 집 한 채,
> 함박꽃잎 낱낱 같은 알껍질들만
> 남은 자리 아직 따뜻하지만, 누구나
> 자기를 벗어버리고픈 집이 한 채 있지
> 산길에 잠시 앉아 에멜무지로
> 내가 두고 온 집의 매무새를 본다
> 일정한 넓이와 높이의 벽면에 그려온

곰팡이 핀 시화詩畵가 얼룩얼룩 걸려 있다
까맣게 눌은 자국도 선명한 바닥엔
늘 때늦은 사랑과 불쾌한 추억의 가구들,
찬찬히 들여다보면 바람벽 튼 틈새로
비명을 지르는 외풍의 세월,
눈비에 굽은 팔다리로 일구어온
뜨락의 나무와 작은 꽃밭까지도
꽃 피고 꽃 지는 일의 자승자박처럼
나를 가두는 하나씩의 빗장이었다
자꾸만 천장이 내려앉는 감옥에서
하루에도 몇 번씩 머리를 부딪는 새들,
내가 박아온 주춧돌과 기둥과 문門들로부터
자유로운 하늘에 새들을 풀어놓을 땐
내가 가 닿을 누군가는 나를 기다릴까
허리를 펴고 다시 산길을 걷는다, 어쩌면
나는 지금 누구의 집에 잠시 세 들어
사는 지도 모른다는 생각 찰나에
붉은뺨멧새가, 아까 그 둥지로
다시 포르릉 날아들 건 뭐람!

　　　　　　　　　－「집에 대하여」 전문

　위의 시는 집이 단란하고 즐거운 휴식이 있는 장소라기
보다는 아픔과 고통이 묻어나는 공간으로 인식되고 있다.
밥 먹고 잠자고 울고 웃고, 하는 일련의 생의 순간들이 가

장 진지하게 펼쳐지는 곳이 또한 집이 아닌가 하는 생각이
든다. 그런데 산길을 걷다가 우연히 발견한 새 집으로부터
출발한 나의 집은 나를 가두고 있는 틀에 박힌 감옥이다.
그러나 그 감옥은 안식과 평화의 장소여야 한다. 왜냐하면
모든 꿈이 여기에서 이루어져야하기 때문이다.

마음씨가 수상한 초등학교 1학년
우리 집 꼬마가 그려놓은 저
호빵맨 같은 놈이 내 얼굴이라니
그것도 안방에 붉은 색 크레파스로
냅다 갈겨 그린 추상화 한 점
유난히 쳐다보는 밤, 안경 하나
낀 것말고는 닮은 데 하나 없다
더구나 귀도 없는 저 도깨비 같은
요물이, 식구들이 잠든 깊은 밤
가만 들여다보니 내 얼굴이 맞다
수영장 가자는 약속도 못 지키지
툭하면 술 마시고 늦게 들어와서
시끄럽다고, 공부하라고 화내지
어디 한 군데도 빠트리지 않고
영락없이 빼닮은 내 얼굴이 맞다
그래 저 괴물이 오늘 밤 벽을 내려와
너희들이 차버린 이불깃을 덮어준다
티브이를 끈다 아직 꺼지지 않은

먼 집들의 불빛을 본다
　　　　-「벽화」 전문

　집은 나에게, 우리에게 무엇일까? 현실적으로 분명한 것
은 영원한 안식의 장소만은 아니라는 것이다. 울고 웃고 부
대끼는 가장 생생한 삶의 현장이 바로 우리가 고된 일과를
마치고 귀가하는 집이 아닌가 하는 생각을 한다. 오늘 저녁
엔 아내와 두 아이를 데리고 돼지갈비라도 먹으러가야겠
다. 그런데 큰애는 학원 때문에 어려울 것도 같다.

1960년 음력 4월 27일 전남 고흥군 도화면 당오리 822번
　　　　지 서오치 마을에서 부친 송관섭宋寬燮, 모친 서서운
　　　　徐西云 사이의 3남 4녀 중 장남으로 출생함.

1966년 고흥 도화 초등학교 입학함. 초등학교 시절 소 뜯
　　　　기와 땔나무하는 일을 업으로 함. 아침 식전부터 소
　　　　를 뜯기고 방과후에는 또 소 뜯기기와 땔나무를 하
　　　　기 위해 마을에서 꽤 먼 산비탈을 헤매고 다님. 큰
　　　　종골, 작은 종골, 신돌, 뱀골 이런 시골 산의 이름들
　　　　이 아직도 기억에 생생함. 음악을, 특히 노래 부르
　　　　기를 좋아했으며 6학년 때는 담임인 서병석 선생님
　　　　께서 음악 시간에 귀찮을 정도로 노래를 시켜서 상
　　　　래 희망을 가수로 정하기도 했음. 5학년 때 임시로
　　　　담임을 하신 여선생님께서 동시를 써오라는 숙제를
　　　　내 주셨는데 코스모스라는 동시를 써 가지고 가서
　　　　잘 썼다는 칭찬을 받았음. 사실은 무슨 작문 책에서
　　　　베낀 것이었는데. 아마 시를 쓰게 된 것도 그때의
　　　　어이없는 칭찬 때문이 아니었는가 생각하게됨.

1972년 도화 초등학교 졸업과 함께 도화 중학교에 입학함.
　　　　중학교 시절 장래 무엇이 될까, 공부를 조금 하여
　　　　면사무소 직원이라도 돼볼까, 아니면 염소나 소를
　　　　키우는 목장이라도 해볼까, 막연한 미래에 대하여
　　　　별 생각 없이 소를 뜯기고 농사일을 도우며 생활함.
　　　　실은 농사일을 되게 싫어하여 농번기 철에는 도망
　　　　다니며 동무들과 놀았음. 그리하여 아버지에게 야

단도 호되게 맞았음. 설상가상으로 일하는 것도 어설프다는 이유로 어지간한 일은 아예 아버지가 시키지도 않았음.

1975년 도화 중학교 졸업과 함께 거처를 광주로 옮겨 전남 고등학교에 입학함. 고등학교 2학년 때는 학교를 그만 두고 돈을 벌어볼까? 혼자 약 2개월 여 고민을 하다 그냥 학교에 다니는 게 편할 것 같아 학교 생활을 계속함. 1978년 졸업 후 2년 간 도를 닦았음.(혹여 자세히 물어보지 마시길)

1980년 목포대학교 국어국문학과에 입학함.

1982년 10월 3학년 1학기를 마치고 군 입대함. 논산 훈련소의 26연대를 거쳐 강원도 화천의 7사단 8연대 9중대에서 약 8개월 간 보병으로 복무함. 1982,3년 겨울 눈이 무릎까지 차는 GOP에서의 초병 생활이 지금도 생생하게 기억에 남아 있음. 둘공, 둘공 하나, 사방거리, 백암산, 파로호 등의 이름들과 함께. 짧았지만 비교적 즐겁고 보람찬 군 생활이었다고 자평함.

1983년 6월 일병으로 의가사 제대함. 춘천에서 서울로 오는 열차 안에서 내가 제대를 한다는 게 믿기지 않아 자꾸 얼굴을 꼬집어보았음. 제대와 동시에 대학 3학년 2학기에 복학함.

1985년 2월 졸업과 함께 광주시 광산구 임곡동에 있는 광일 고등학교에 국어 교사로 임용됨. 순박하고 예쁜 마음씨를 가진 학생들을 만난 것은 인생의 큰 행운이었다고 생각함. 20년이 지난 지금도 몇몇 학생들과는 비밀의 회선을 통하여 안부를 확인하고 있음.

1988년 1월 16일 동복 오씨, 해남군 계곡면 용지리 출신의 오선미吳善美와 결혼함. 3월부터 3년 간의 광일 고등학교 생활을 접고 광주 광산구 신가동에 위치한 세종 고등학교로 직장을 옮김.

1992년 12월 장남 종화鍾和 출생함.

1994년 10월 차남 종수鍾秀 출생함.

2001년 〈시안〉 봄호에 '채석강에서 퇴적암을 읽다' '등나무' '피에로풍의 자화상' '의자' '잔광' 등을 발표하며 등단함.

2003년 11월 22일 미래의 건강을 생각하며 금연을 시작함.

2005년 11월 현재까지 금연 중임. 술을 많이 마실 때 몇 번 흡연을 한 적이 있지만 문제 될 게 없다고 생각하고 있음.

2005년 한국 문화예술위원회의 문예진흥기금 수혜. 첫시집 『흰빰검둥오리』 발간(황금알). 현재 광주 세종 고등학교 교사로 재직중임.